내 이름은 대부도 흰꽃별

글쓴이   신옥철

문예창작 . 예술경영 . 미학을 전공하였습니다.

안산을 사랑하며, 안산을 가꾸는 일을 하며 안산에서 살고 있습니다.

현재는 동화 작가, Art Planner 그리고 대학에서 문예창작을 강의하고 있습니다.

그린이   정현

문예창작, 국제언어학을 전공하고 그림 공부를 하였습니다.

안산에 태어나 안산을 사랑하며 살고 있습니다.

현재는 Art Designer로 활동하고 있습니다.

내 이름은 대부도 흰꽃별

글。신옥철 ㅣ그림。정현

몽트

작가의 말

노을이 아름다운 곳,
공원 길에서 만나는 詩의 마음이 아름다운 곳,
그 시와 노을을 읽는 사람들이 더 아름다운 곳,
안산을 사랑하게 되었습니다.
사랑하게 되니까 자랑하고 싶어졌습니다.
안산을 찾는 이들의 마음에 붉은 놀 한 자락 드리워 주고 싶어
9景에 무지개 옷 입혀 주려 합니다.

* * * * *

예쁜 그림을 그려준 정현 작가님,
이 프로젝트를 진행할 수 있게 용기를 준 안산여성문학회 고맙습니다.

2022. 11. 작업실에서

내 이름은 흰꽃별입니다.
아주 작고 반짝반짝 빛이 나지요.
이름이 왜 하늘의 별이냐고요?
그건 내가 아주 특별하기 때문입니다.

그래서 사람들은 이 세상에 태어났으면
나와 같은 사람이 되어야 한다고 말한답니다.

귀하신 몸인 나를 이 세상에 태어나게 해 주는 것은
온 세상 밝게 비추는 해,
드넓은 바다,
세상을 두루 여행하는 바람,
그리고 정성껏 나를 돌보는 사람의 손길입니다.

둘이 아니라 여럿이죠,
궁금하시죠?
내가 무엇인지….
자, 그럼 지금부터 내가 어떻게 태어났는지 어떤 일을 하는지 들려줄게요.

나는 소금입니다.
소금 중에서도 자연이 만들어 내는
가장 귀하신 천일염입니다.

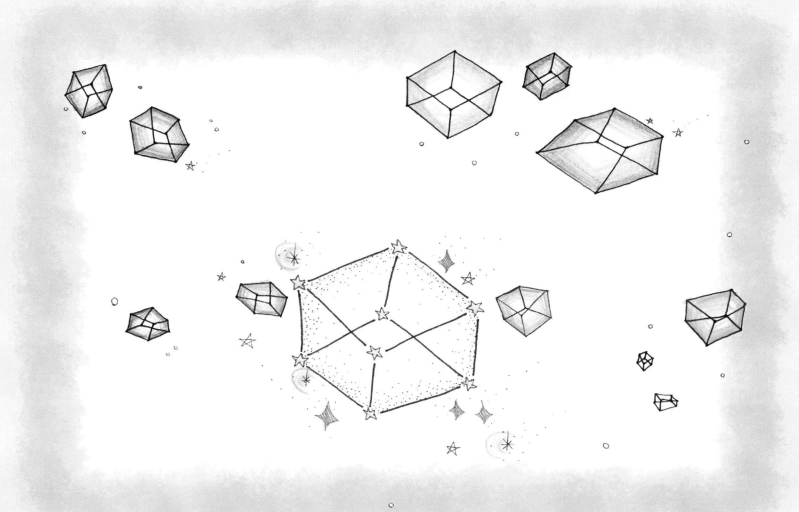

내가 태어나려면
바다와 햇볕과 바람과 사람의 마음이 하나가 되어야 합니다.
그중에서도 사람은 화가 나면 무섭게 변하는
바다와 햇볕과 바람의 마음을 잘 맞추어 주어야 하지요.
그래서 늘 기도하는 마음으로 지낸다고 합니다.
그러니 그 넷 중 가장 중요한 것이 바로 사람이겠죠?

내 고향은 안산시 대부도의 넓은 염전입니다.
그곳에는 바다가 있습니다.
바다는 아빠가 출근하듯,
아침엔 아주 먼 바다로 나간답니다.
바닷물이 나가는 것을 사람들은 썰물이라고 합니다.
바닷물이 나가면 넓은 갯벌이 펼쳐집니다.

갯벌엔 바닷물이 나가야 활동을 시작하는 많은 생물이 있습니다.
갯지렁이, 짱뚱어, 온갖 조개들… 그리고 낙지까지….

넓은 세상을 찾아 나갔던 바다는 저녁때쯤 다시 돌아옵니다.
다시 돌아오는 바닷물을 밀물이라고 합니다.
갯벌의 생물들은 땅속으로 숨어 버리고
바다는 온갖 새로운 이야기들을 펼쳐놓지요.
함께 떠났던 고기들과 새로 초대된 온갖 바다생물이
돌아와 바다는 소란합니다.

마치 잔치가 벌어진 것처럼….

이렇게 멀리 나가
훨씬 더 힘 있고 건강해진 바다가 돌아오면
사람들은 나를 탄생시키기 위해
아담한 저수지로 안내합니다.

"바다가 돌아왔어. 흰꽃별이 태어날 수 있을 만큼 건강해진 거지?"
"자, 그럼 깨끗한 방으로 가주지 않겠니?"
"널 위해 준비했어."
바다는 기꺼이 가장 좋은 바닷물을 내어줍니다.
바닷물은 저수지에서 며칠간 조용히 머물며
불순물을 아래로 가라앉힙니다.

마치 기도하는 것처럼….

그다음 증발지로 옮겨갑니다.
그곳에선 해님이 기다리고 있습니다.
"드디어 왔구나. 건강한 바닷물. 이제 내가 도와줄게."
해님이 아침마다 찾아옵니다.
그리고는 따뜻한 햇볕을 쫴줍니다.

마치 어미 닭이 알을 품는 것처럼….
어미 닭이 병아리에게 사랑을 쏟는 것처럼….

해님이 저렇게 애쓰시는데 비라도 내리면 어쩌나."
사람들은 곁에서 지켜봅니다.

마치 산파가 산모를 돌보는 것처럼….

오랜 시간이 지나 수분은 날아가고
소금을 품은 진액만이 남게 됩니다.

"수고했다. 뜨거운 햇볕을 잘 견뎌 주었구나.
이제 멋진 모습으로 태어날 수 있을 거야."

이제 사람들은 진액을 결정지로 옮겨줍니다.
결정지에선 바람이 기다리고 있습니다.
"어서 와 나도 준비가 되었어."
바람도 해님처럼 하루도 거르지 않고 찾아옵니다.

점 점 **점**○○○
모습을 드러냅니다.

점 점 **점**○○○ 단단해져 갑니다.

점 점 **점**○○○ 반짝반짝 빛이 납니다.

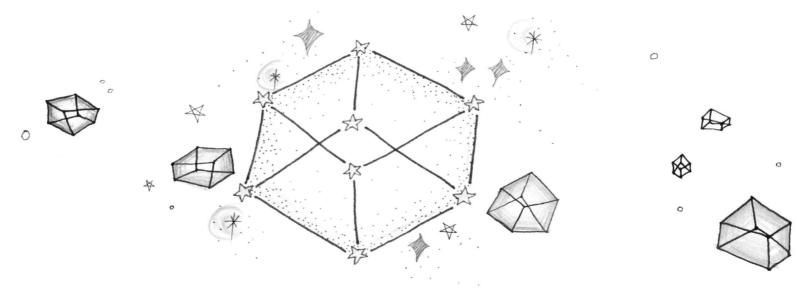

하얀 별 천일염이 탄생했습니다.

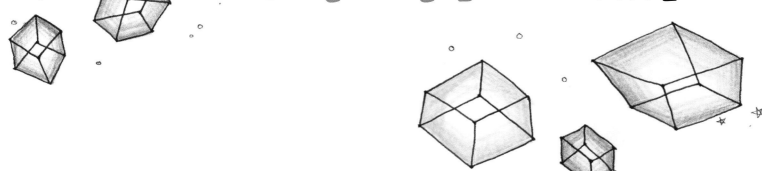

"와~~~ 내가 태어났어. 난 흰꽃별이야."

건강하고 힘차고 맑은 바다님 감사합니다.
따뜻한 햇볕을 보내준 해님 감사합니다.
보석처럼 예쁘게, 별처럼 빛나게 만들어 주신 바람님 감사합니다.
오랜 시간 지켜준 사람님 감사합니다.

"이제 난 무슨 일을 해야 하나요?"
천일염 흰꽃별인 내가 물었습니다.

"넌 이 세상에 없어서는 안 되는 소중한 존재란다. 그러니 좋은 일만 해야지."
해님이 속삭입니다.
"살아있는 것들의 생명을 지켜주는 일을 하게 될 거야."
바람이 속삭입니다.
"사람들에게 힘이 되는 온갖 음식에 들어가서 맛을 내주게 될 거야."
사람이 속삭입니다.

그래요. 나는 우리나라 서해에서 태어난
소금의 귀족 천일염입니다.

온갖 요리의 맛을 내지요.
곰국에 아주 조금….
아주 조금 쓰이지만
가장 좋은 맛을 내주는 일,
주인공은 아니치만, 모두가 필요로 하는 소중한 존재.

그래요. 나는 소금입니다.
변치도 않고,
썩지도 않고,
나보다 남을 더 돋보이게 하는 소금입니다.

나를 바쳐 누군가의 건강을 지켜주는
자연이 만들어 낸
천일염입니다.

그래서
가장 소중한 아기의 이유식엔 내가 꼭 필요하지요.
날씬해지고 싶은 누나들에게도 내가 필요하지요.
건강을 잃어 조심해야 하는 사람들에게도 내가 필요하지요.

나는 바다와 해와 바람 그리고 사람의 사랑을 듬뿍 받고 태어난
아름다운 우리나라 서쪽 대부도 염전에서 태어난
흰 。 꽃 。 별이랍니다.

세상에 없어서는 안 되는 하얀 꼬마별….
세상에 소금 같은 사람이 되어야 한다고 말하는 고 작은 별….
세계로 나가 K_star가 되고 싶은….

안산시 대부도 동주염전은…

    동주염전은 1953년에 개설된 대부도의 대표적인 염전으로 대부도의 38만 평 염전에서 지금까지 전통방식을 고수하며 소금을 채취하고 있습니다. 동주염전 소금은 화학장판지 대신 옹기조각을 깔아 만든 염전에서 생산하는 '깸파리소금'으로, 맛과 품질이 우수하여 예부터 비싼 가격에 거래되는 천일염입니다. 동주염전 천일염의 품질은 독특한 생산방식에서 비롯됩니다. 옹기타일을 깐 갯벌에서 천일염을 생산하는 '옹기판염' 방식 때문입니다. 덕분에 생산 과정에서 중금속 등의 유해성분이 쉽게 배출되며 소금의 품질을 좌우하는 미네랄의 함유량이 월등히 높습니다.

    동주염전은 단순한 소금생산과 판매에만 그 역할이 그치지 않고 관광객들에게 즐길 거리도 제공해 주고 있습니다. 염전에서 소금을 채취해보는 체험 학습 프로그램을 운영하고 있는 것입니다. 자연의 작용으로 소금이 만들어지는 과정을 과학적으로 학습한 뒤 염전에 들어가 소금을 채취하고 채취한 소금을 집으로 가져갈 수 있게 해 학습효과가 높습니다.

위치 : 경기도 안산시 단원구 동주길 18
출처 : 안산시청 홈페이지

내 이름은 대부도 흰꽃별

초판 발행일 2022년 09월 15일
2 쇄 발행일 2022년 10월 25일

지은이 신옥철
그린이 정현
발행인 김미희
펴낸곳 몽트

출판등록 2012.12.20 제 2014-0000-38호

주소 안산시 단원구 고잔로 23-12 11층
전화 031-501-2322 팩스 031-501-2321
메일 memento33@hanmail.net

값17,000원
ISBN 978-89-6989-079-5 03810

이 책은 안산시 문예진흥기금을 일부 지원받아 제작되었습니다.